Ursel Scheffler · Jutta Timm

Alle nannten ihn Tomate

Für Lehrkräfte gibt es zu diesem Buch ausführliches Begleitmaterial beim Hase und Igel Verlag.

Dieses Buch erschien in der vorliegenden Ausstattung erstmals 1994 im NordSüd Verlag, Zürich.

Sonderausgabe mit Silbenhilfe

www.hase-und-igel.de
Druck: Grafisches Centrum Cuno GmbH & Co. KG

ISBN 978-3-86760-248-8
2. Auflage 2019

Ursel Scheffler

Alle nannten ihn Tomate

Illustrationen von Jutta Timm

Hase und Igel®

In einer Stadt lebte einmal ein Mann, der hatte eine dicke, rote Nase. Die Nase hatte er sich in einem eisigen Winter erfroren, als er noch in einem Land lebte, in dem es viel kälter war als bei uns. Jedes Jahr, wenn der Winter kam, leuchtete sie ganz besonders rot.

Wenn die Nachbarn dem Mann auf der Straße begegneten, drehten sie sich um und sagten: „Seht nur, seine Nase! Sie ist so rot wie eine Tomate. Das kommt sicher vom Schnapstrinken."

Und weil sie seinen Namen nicht aussprechen konnten, nannten sie ihn einfach „Tomate".

An einem Tag im Februar war es besonders kalt. Der Mann wollte zum Einkaufen gehen. Er zog seinen Mantel an, wickelte einen dicken Wollschal um den Hals und griff nach seinem Hut. Als er vor das Haus trat, blies sein Atem kleine weiße Wolken in die klare Winterluft. So kalt war es.

Am Rande des Stadtparks spielten Kinder im Schnee. Der Mann blieb stehen und sah ihnen eine Weile zu.

Als ihn die Kinder bemerkten, steckten sie die Köpfe zusammen und tuschelten miteinander:

„Seht doch den Mann! Wie der uns beobachtet! Und wie der aussieht mit seiner Tomatennase! Jetzt zieht er den Schal vor das Gesicht, wahrscheinlich, damit ihn niemand erkennt! Bestimmt ist er ein Räuber!"

Laut schreiend liefen die Kinder davon. Sie rannten hinunter zum See, wo die anderen Kinder beim Eislaufen waren, und erzählten von dem komischen Mann.

Der Mann mit der Tomatennase wusste nicht, warum die Kinder auf einmal weggerannt waren. Er ging langsam weiter.

Am Nachmittag lief im Polizeirevier 7 das Telefon heiß: ein Banküberfall am Postplatz, ein Raub im Juweliergeschäft am Bahnhof und einige Verkehrsunfälle. Auch ein Kind wurde vermisst.

„Wahrscheinlich entführt“, vermuteten die aufgeregten Eltern.

„Unsere Kinder haben einen verdächtigen Mann im Stadtpark beobachtet“, sagte ein junger Vater, der wegen eines Verkehrsunfalls aufs Polizeirevier gekommen war. „Er hatte eine rote Nase und trug einen komischen alten Hut.“

Kommissar Kern schickte Polizisten mit dem Streifenwagen zum Stadtpark.

Er selbst fragte überall in der Stadt, ob jemand einen Mann mit auffällig roter Nase und altmodischem Hut beobachtet hatte.

„Ja. Da rannte vorhin einer über den Platz, der trug so einen komischen Schlapphut“, berichtete der Bäcker, der seinen Laden neben der Bank hatte.

„Der Kerl, der unseren Laden ausraubte, hatte einen roten Schal vor dem Gesicht. Er ließ die Beute in einen Regenschirm fallen“, berichtete der Juwelier.

„Räuber trägt roten Schal, Hut und Mantel“, murmelte Kommissar Kern und schrieb alles auf seinen Notizblock.

„Ja. Genau so sah er aus! Das muss der Mann mit der Tomatennase gewesen sein!“, riefen die Kinder, die im Stadtpark gespielt hatten. „Er trieb sich zwischen den Büschen herum und hat uns so komisch angeschaut.“

„So, so“, sagte Kommissar Kern und notierte: Eine Nase so rot wie eine Tomate.

Und dann ließ er nach den Beschreibungen der Leute einen Steckbrief anfertigen.

Das Gerücht von dem gefährlichen Mann mit der Tomatennase verbreitete sich in der Stadt. Und bei jedem Fall, den die Polizei nicht gleich aufklären konnte, sagten alle: „Das kann nur der Räuber Tomate gewesen sein.“

Ein paar Tage später ging der Mann mit der roten Nase in eine Bäckerei, um Brot zu kaufen. Kaum hatte er den Laden betreten, rannte der Bäcker auf die Straße und schrie: „Hilfe! Überfall! In meinem Laden ist ein Räuber, der Räuber Tomate. Ich habe ihn an der Nase erkannt.“

Da merkte der Mann, dass ihn die Leute für einen Räuber hielten, und lief davon, so schnell er konnte.

Als Tomate in seine Straße kam, fuhr dort zufällig ein Polizeiwagen vorbei.

„Sie verfolgen mich“, flüsterte er zu Tode erschrocken und rannte weiter, als sei der Teufel hinter ihm her.

Er lief und lief, bis er endlich den Stadtrand erreichte.

Er wollte nie mehr in die Stadt zurück, in der man ihn für einen Räuber hielt. Aber wo sollte er bleiben?

Nach langem Herumirren entdeckte er ein altes, verlassenes Haus. Die Tür stand offen. Er ging hinein.

In einer Ecke lag eine alte Matratze. Er war hundemüde. So legte er sich hin, wickelte sich fest in seinen Mantel und schlief erschöpft ein.

Tomate erwachte, weil er fror. Er sammelte Holz. Aber er wagte nur für kurze Zeit, ein Feuer anzuzünden, aus Angst, der Rauch könnte ihn verraten. Er wartete immer die Nacht ab, ehe er sein Versteck verließ. Dann lief er über die Felder, kletterte über Zäune und Hecken. Er stahl Kartoffeln und Rüben aus Scheunen und Schuppen.

Als es noch kälter wurde, schlich er um die Häuser, in denen es warm war. Einmal entdeckte er ein offenes Kellerfenster und kletterte hinein. Er holte sich eine warme Decke und einen alten Pullover.

Dazu ein Glas mit eingemachten Kirschen. Die Leute bemerkten es gar nicht. Sie hatten genug Vorräte.

Tomate aber dachte: Bin ich jetzt wirklich ein Räuber? Und als er in das alte Haus zurücklief, sah er sich ängstlich um, ob ihn auch niemand verfolgte.

Endlich kam das Frühjahr. Eines Morgens schien die Märzsonne durch das Fenster und lockte Tomate aus dem Haus. Er setzte sich auf die Steintreppe und blinzelte ins Licht. Das erste Mal seit langer Zeit fror er nicht. Wenig später schlief er ein.

So hörte er nicht, dass sich zwei Männer dem Haus näherten. Der eine war Kommissar Kern und der andere Stadtrat Pix.

„Das ist es“, sagte der Kommissar und deutete auf das Haus. „Ein altes Gemäuer – zu nichts mehr zu gebrauchen. Die reinste Räuberhöhle.“

„Das macht nichts“, sagte der Stadtrat. „Es wird sowieso abgerissen. Aber der Platz am Waldrand ist genau richtig für unser neues Kinderheim.“

Dann gingen die beiden um das Haus herum.

Als ihr Schatten auf den schlafenden Tomate fiel, träumte er, dass ein Ungeheuer gekommen sei, um sich auf ihn zu stürzen.

Mit einem Schrei sprang er auf, rannte Fabian Pix über den Haufen und jagte davon.

„Das – das ist doch der Räuber Tomate!“, rief Tobias Kern aufgeregt und half dem Stadtrat wieder auf die Beine.

„Der Räuber Tomate?“, fragte Fabian Pix erstaunt. „Ich dachte, das war nur ein Gerücht. Der Bankraub und der Juwelendiebstahl sind ja längst aufgeklärt. Und das kleine Mädchen hatte sich doch bloß verlaufen.“

„Aber sehen Sie doch selbst, wie er davonrennt! Wer wegläuft, hat ein schlechtes Gewissen. Ich bin Polizist, es ist meine Pflicht, ihn zu verfolgen.“ Und schon rannte Kommissar Kern hinter dem Flüchtenden her.

Da geschah etwas Sonderbares. Tomate, der schon fast den Wald erreicht hatte, blieb stehen und drehte sich um. Er kam zurück. Erst zögernd und dann immer schneller.

Auf halbem Wege traf er mit dem Kommissar zusammen. Er streckte ihm die Hände entgegen und sagte: „Nehmen Sie mich fest! Ich will nicht mehr davonlaufen müssen. Ich will nicht nachts um die Häuser schleichen und stehlen müssen.“

„Das ist ein Geständnis“, sagte Kommissar Kern. „Herr, äh, Herr Tomate, oder wie Sie sonst heißen, Sie sind verhaftet!“

Am nächsten Morgen rief der Zeitungsjunge am Marktplatz so laut er konnte: „Räuber Tomate verhaftet!“

Noch am Mittag rissen sich die Leute am Zeitungskiosk um die neueste Ausgabe.

„Wer stiehlt, ist schlecht!“, rief eine Frau empört.

„Vielleicht sieht alles anders aus, wenn man Hunger hat und friert“, meinte ein junger Mann, der Brezeln kaufte.

„Was verstehen Sie schon davon?“, sagte der Bäcker. „Ich habe schließlich gesehen, wie er in meinen Laden kam. Ein Glück, dass der Gauner jetzt hinter Schloss und Riegel sitzt.“

Den meisten Leuten war es egal. Sie dachten: Schließlich muss die Polizei herausfinden, ob einer ein Räuber ist oder nicht. Was geht uns das an?

21-35
36-41
-54

Einige Zeit später trafen sich Kommissar Kern und Stadtrat Pix im Rathausflur.

„Was ist eigentlich aus diesem, äh, diesem Tomate geworden, Herr Kern?“, erkundigte sich der Stadtrat.

„Tomate? Ach, gegen den lag keine Anzeige vor. Da haben wir ihn wieder laufen lassen“, antwortete der Kommissar.

„Laufen lassen ist keine Lösung“, meinte Fabian Pix. „Wir müssen uns um ihn kümmern. Sonst fängt alles wieder von vorne an.“

„Aber was können wir tun?“, überlegte Tobias Kern.

„Wir sollten vor allem sehen, dass er Arbeit bekommt“, schlug der Stadtrat vor. „Ich werde mich darum kümmern.“

Dann telefonierte er überall herum, um Arbeit für Tomate zu finden. Und er fand welche. Es waren nur ein paar Stunden hier und ein paar Stunden da. Es war außerdem Arbeit, die andere nicht so gerne machten. Aber es war ein Anfang:

Am Montag leerte Tomate die Papierkörbe im Stadtpark.

Am Dienstag half er bei der Müllabfuhr.

Am Mittwoch fand er Arbeit auf dem Wochenmarkt.

Am Donnerstag putzte er die Fensterscheiben im Omnibusdepot.

Am Freitag fegte er die Gehwege mit einem großen Besen.

Am Samstag und Sonntag war er allein.

Tomate war froh, dass er Arbeit gefunden hatte. Aber glücklich war er nicht.

An einem Herbsttag, als Tomate gerade Blätter im Stadtpark zusammenfegte, traf er Stadtrat Pix.

„Guten Tag, Herr – ach, wie heißen Sie eigentlich wirklich?“, fragte Fabian Pix ein wenig verlegen.

„Nennen Sie mich ruhig Tomate. So nennen mich alle und ich habe mich daran gewöhnt“, sagte Tomate und beförderte eine Gabel voll Laub auf den Wagen. Er freute sich, dass er den Stadtrat getroffen hatte, denn es sprach selten jemand mit ihm.

„Ja, also, Herr Tomate“, sagte Fabian Pix und räusperte sich, „unser Kinderheim ist bald fertig. Jetzt fehlt uns ein tüchtiger Hausverwalter. Einer, der gern mit Kindern zusammen ist. Wäre das nichts für Sie?“

„Für mich?“ Tomate sah den Stadtrat erstaunt an.

„Ja – das heißt natürlich nur, wenn Sie möchten“, fügte Fabian Pix rasch hinzu.

„Ich mag Kinder sehr. Ich könnte mir nichts Schöneres vorstellen“, antwortete Tomate.

Als das Kinderheim fertig war, zog Tomate gleichzeitig mit den Kindern ein. Die Kinder gewöhnten sich schnell an ihn.

Und seine rote Nase? Die störte sie gar nicht mehr. Er war ja jetzt ihr Freund. Einer, der immer für sie Zeit hatte. Ständig kamen sie angelaufen und wollten etwas von ihm. Tomate wusste immer Rat. Er erinnerte sich wieder an viele alte Spiele aus seiner Kindheit. Und neue Ideen hatte er natürlich auch.

Aus dem restlichen Bauholz errichtete Tomate gemeinsam mit den Kindern einen Abenteuerspielplatz hinter dem Haus.

Eines Abends saßen alle auf der Wiese und brieten Kartoffeln und Äpfel im Feuer.

Tomate sah dem Rauch nach und dachte daran, wie er vor gar nicht langer Zeit alleine hier gesessen und Angst gehabt hatte, der Rauch des Feuers könnte ihn verraten.

Ein Junge kam auf ihn zu und fragte: „Möchten Sie einen Apfel, Herr Tomate?“

Da merkte Tomate, dass er glücklich war.

Englisch

Finnisch

Griechisch

Liebe Kinder,

der „Tomate“ ist für mich ein ganz besonderes Buch, weil er mein erstes richtiges Kinderbuch war. Ich habe mir die Geschichte damals ausgedacht, weil ich meinen Kindern etwas zeigen wollte: Im Leben ist es anders als im „Kasperletheater“, wo man einen Räuber an Schlapphut und schäbiger Kleidung erkennt. Die rote Nase ist ein Symbol (Zeichen). Es bedeutet, dass man jemandem nicht an der Nase ansieht, was für ein Mensch er ist. Da muss man schon genauer hingucken: in seine Augen, in sein Herz, auf das, was er tut und sagt.

Die Geschichte von Tomate ist zum ersten Mal 1975 in Deutschland mit dem Titel „Kennwort Tomate“ erschienen. In England hieß das Buch damals „The Man with the Tomato Nose“. (Links oben seht ihr eine Abbildung des Buches.) 1994 wurde die Geschichte unter dem Titel

Koreanisch

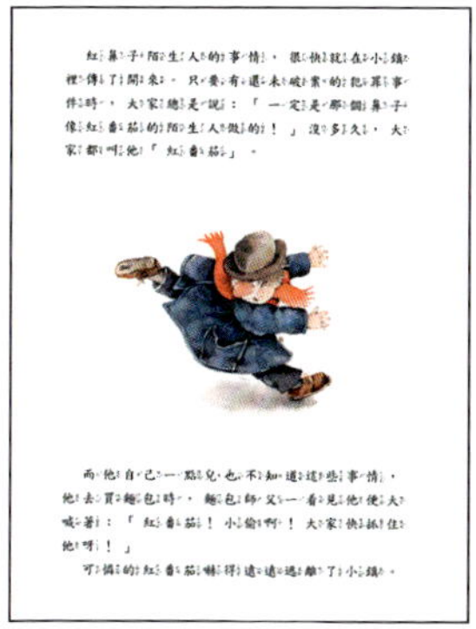

Chinesisch

Italienisch

„Alle nannten ihn Tomate" neu herausgegeben und von Jutta Timm auch neu illustriert. Der „Tomate" erschien jetzt in vielen Sprachen, sogar auf Chinesisch. In Amerika hieß das Buch „The Stranger" und bekam einen Kinderbuchpreis. Ihr haltet nun die Schulausgabe in der Hand, die 2005 im Hase und Igel Verlag erschienen ist.

Leider gibt es auf der Welt viele Menschen, die ungerecht behandelt werden, unverschuldet in Not geraten oder auf die ein falscher Verdacht fällt. Hoffen wir, dass es auch genug Leute wie Herrn Pix gibt, die über die Not der anderen nachdenken und versuchen ihnen zu helfen. Vielleicht gehört ihr ja auch dazu?

Illustration: Friedrich Kohlsaat

Eure

Ursel Scheffler